ok

LE TRIPODE

Littératures ■ Arts ■ Ovnis

LE TOUT VA BIEN 2021

Une anthologie des dépêches
les plus récentes et insolites de l'AFP.
Un livre concocté par l'équipe du Tripode.

LE TRIPODE

{UN GRAND TOUR DU MONDE DES FAITS DIVERS}

Chers lecteurs,

On vous le confie chaque année : parce qu'ils sont un miroir de nos vies et de l'absurdité du monde, les faits-divers méritent de l'attention. Et rien ne nous empêche, quand leur caractère insolite dépasse les bornes, qu'ils confinent au drame comme au grotesque, de faire preuve d'un poil de sagesse, d'avoir l'élégance de sourire.

À l'occasion de cette nouvelle édition 2021 du *Tout va bien*, l'équipe du Tripode a choisi de donner une dimension encore plus internationale à son anthologie des faits-divers les plus absurdes de l'année écoulée en puisant dans les dépêches de l'Agence France-Presse, plus connue sous son acronyme de AFP.

Vous l'ignorez sans doute, mais cette agence d'information fondée en 1944, mondialement reconnue pour sa rigueur et sa couverture internationale (elle est présente dans plus de 150 pays !), n'en a pas pour autant perdu un certain sens de l'humour. Si elle nous permet quotidiennement de voir le monde se faire et se défaire grâce à l'attention de ses journalistes, elle produit aussi chaque matin, aux aurores, une dépêche un peu particulière, intitulée avec une simplicité parfaite « Le Tour du monde des insolites ».

Chacune de ces dépêches décortique un ou plusieurs faits-divers, généralement survenus la veille. Ils sont *a priori* anodins, mais ils disent néanmoins tant de choses sur la société mondialisée, en surchauffe flagrante, dans laquelle on vit désormais.

L'équipe du Tripode s'est plongée dans ces archives de l'éphémère. Elle s'est laissée prendre par un certain vertige, triant, synthétisant, cédant souvent au plaisir de donner à ces nouvelles un titre qui en résume la délicieuse absurdité.

Nous espérons que vous aimerez ce florilège de l'insolite, et qu'il vous aidera à garder le moral. Le combat continue, soyez vigilants et de belle humeur.

Belle année à tous,

L'équipe du Tripode

* Pour bien vivre cette année 2021, nous avons fait un tour du monde de l'année passée. Les faits divers de cette anthologie sont issus de dépêches émises par l'AFP entre fin 2019 et fin 2020. Nous les avons répartis par ordre chronologique (enfin presque !).

FINLANDE : UN RENNE ENVOIE UNE DIZAINE DE SOLDATS À L'HÔPITAL

Un renne qui errait au milieu d'un terrain d'exercice militaire a provoqué une collision de véhicules blindés, conduisant une dizaine de soldats à l'hôpital, a annoncé mercredi l'armée finlandaise. L'accident s'est produit mardi dans le nord du pays, en Laponie.

« Un véhicule de transport blindé Pasi a percuté celui qui le précédait, après avoir fait un écart pour éviter un renne », a expliqué dans un communiqué la brigade de Kainuu d'où sont originaires les militaires. Vingt-huit personnes étaient à bord des deux véhicules au moment de l'accident. Douze d'entre elles ont été hospitalisées et cinq étaient encore gardées en observation mercredi.

La Laponie finlandaise abrite en été jusqu'à 340 000 rennes. Ne craignant pas les véhicules à moteur. Ils s'aventurent fréquemment sur les routes afin d'échapper aux moustiques qui, en été, pullulent dans les forêts de la région.

[AFP, 12 septembre 2019]

ÉTATS-UNIS : L'ATTAQUE DE LA BASE SECRÈTE DES ALIENS FAIT UN FLOP

Ce 20 septembre, deux millions de personnes étaient attendues pour « donner l'assaut » à une base secrète de l'armée américaine dans le désert du Nevada, accusée par les conspirationnistes de tout poil d'y cacher des aliens. L'idée était d'envahir à 03h00 du matin cette fameuse « Zone 51 », une base de l'US Air Force si secrète que son existence même n'a été reconnue par la CIA qu'en 2013.

Tout a commencé par un message sur Facebook, très vite relayé dans les médias, obligeant l'armée américaine à adresser une mise en garde aux audacieux qui auraient l'idée d'envahir le site.

Finalement, seule une centaine de personnes, souvent déguisées ou portant un bonnet en papier d'aluminium pour se protéger des ondes, a répondu à l'appel. Le rassemblement, plutôt festif, s'est soldé par une seule arrestation.

[AFP, 21 septembre 2019]

ALLEMAGNE : LA GUEULE DE BOIS DÉCLARÉE COMME « MALADIE » PAR LA JUSTICE

Une Cour allemande a estimé dans un arrêt rendu public lundi que la gueule de bois était une « maladie » alors que la Fête de la bière – et ses excès d'alcool – bat son plein chaque année à Munich.

Des juges de Francfort ont donné raison à la requête d'une association contre une société proposant une « boisson anti-gueule de bois ». « L'information concernant un produit alimentaire ne peut pas s'attribuer des propriétés de prévention ou de traitement d'une maladie humaine », selon l'agence allemande DPA. Or pour les magistrats, « le terme de maladie se comprend comme un dysfonctionnement même minime ou provisoire de l'état normal du corps », y compris lorsqu'aucun traitement n'est nécessaire pour le faire disparaître. Ils ont par conséquent interdit à la société poursuivie d'utiliser cet argument pour commercialiser son produit.

[AFP, 24 septembre 2019]

BOA OU CONDUIRE, IL FAUT CHOISIR

Un garagiste de Metz a eu la surprise, en ouvrant le capot d'une voiture à réparer, d'y découvrir un boa constrictor blotti dans le moteur. Le serpent a été délogé par le groupe de secours animalier des pompiers.

Depuis le début de l'année, « c'est la cinquantième intervention pour un serpent, dont une bonne quinzaine concernant des serpents exotiques chez des particuliers », a expliqué le capitaine Sébastien Husser.

[AFP, 27 septembre 2019]

LE CHANVRE, LA SAVEUR DU TROISIÈME MILLÉNAIRE

Carmelo Chiaramonte, restaurateur sicilien de renom, a été interpellé à son domicile pour détention de produits stupéfiants à des fins de trafic. Il s'est défendu en se disant à la recherche « de nouvelles saveurs ».

Au domicile du chef, les carabiniers ont trouvé deux plants de marijuana de deux mètres de haut, 500 grammes d'inflorescences de chanvre indien ainsi que du vin, des pots d'olive, du café et du thon aromatisés au cannabis.

Pour se justifier, l'homme a expliqué qu'il était « consultant agroalimentaire pour la cuisine du troisième millénaire ».

[AFP, 29 septembre 2019]

L'OISEAU LE PLUS BRUYANT DU MONDE CRIE POUR TROUVER L'AMOUR

C'est bien par amour que l'araponga blanc, désigné lundi l'oiseau le plus bruyant du monde, fait résonner son chant dans les profondeurs de l'Amazonie.

« Il chante la première note, tourné vers l'extérieur, puis il fait une rotation dramatique, presque théâtrale expulsant une deuxième note en direction de sa prétendante », décrit à l'AFP le biologiste Jeff Podos de l'université Amherst dans l'État du Massachusetts, coauteur d'une étude sur ce carillonneur.

Les sons qui émanent de ce petit animal – 250 g et de la taille d'une colombe – sont si assourdissants qu'ils peuvent atteindre jusqu'à 113 décibels, l'équivalent d'un concert de rock bruyant, un niveau jugé à risque pour l'homme.

[AFP, 22 octobre 2019]

CHINE : SIX HOMMES EN PRISON POUR « SOUS-TRAITANCE » SANS FIN D'UN MEURTRE RATÉ

L'histoire débute en 2013, lorsqu'un homme d'affaires, M. Wei, intente un procès contre un promoteur immobilier, Qin Youhui. Craignant une coûteuse bataille juridique, celui-ci décide d'embaucher un tueur à gages afin d'assassiner son rival et promet 250 000 € à un premier homme de main. Celui-ci charge un second assassin de commettre le crime à sa place, en lui offrant la moitié de cette somme. Ce deuxième homme sous-traite l'assassinat à un troisième. Le manège continue jusqu'à ce qu'un cinquième individu accepte la mission pour 12 700 €. Mais ce dernier tueur, s'estimant trop mal payé, a contacté la cible pour lui proposer un arrangement, avec une prime pour lui à la clé. L'homme d'affaires a rencontré le tueur à gages dans un café, convenu avec lui d'un simulacre, et l'a ensuite dénoncé à la police. Toute la filière des tueurs à gages a fini en prison. Le commanditaire aussi.

[AFP, 25 octobre 2019]

TEXTOS ENVOYÉS PAR DES AIGLES : L'ORNITHOLOGIE RUSSE HORS FORFAIT

Des ornithologues russes ont eu la mauvaise surprise de découvrir que des aigles ont épuisé leur budget avec des centaines de messages surtaxés.

L'un de ces volatiles, un aigle des steppes femelle baptisé Min, est parti cet été de Sibérie pour migrer vers le sud. Comme treize autres oiseaux, la bête était suivie par un dispositif envoyant des SMS avec sa géolocalisation à une fréquence prédéfinie. Mais au lieu de revenir en Russie après un passage au Kazakhstan, Min et d'autres volatiles se sont rendus en Iran, où leurs bracelets ont commencé à envoyer des centaines de SMS taxés jusqu'à 25 fois plus cher qu'en Russie et au Kazakhstan. Ces dépenses imprévues ont épuisé le budget des ornithologues, qui ont dû lancer un appel aux dons.

[AFP, 26 octobre 2019]

ÉTATS-UNIS : DES COLLÉGIENS DÉPRIMÉS RENVOYÉS PAR ERREUR VERS LE TÉLÉPHONE ROSE

Il s'en est fallu d'un chiffre : le district scolaire de Lancaster, au nord de Los Angeles, a fourni une liste de numéros d'urgence à ses élèves. Seul hic, le chiffre d'un des numéros était erroné, et ce dernier renvoyait les collégiens qui broyaient du noir et tentaient d'appeler un service de prévention de suicides vers un service de conversations érotiques.

[AFP, 1er novembre 2019]

CROATIE : IL TACLE UN POULET EN PLEIN MATCH ET PREND UN CARTON ROUGE

L'incident est survenu dimanche quand des poulets ont fait irruption sur un terrain de football dans l'est de la Croatie. Ivan Gazdek, de l'équipe NK Jelengrad, a couru derrière les volatiles, en a frappé un à coups de pied avant de le lancer par-dessus la clôture dans un nuage de plumes. Le joueur de 23 ans a reçu un carton rouge pour conduite non sportive.

L'association Amis des animaux a annoncé qu'elle allait porter plainte pour « acte criminel ». S'il est inculpé et reconnu coupable, l'intéressé encourt jusqu'à un an de prison.

Un match à oublier pour Ivan Gazdek.

[AFP, 8 novembre 2019]

UN REVENANT RÉCLAME SA SORTIE DE PRISON

Condamné en 1996 à une peine de perpétuité incompressible dans une affaire de meurtre, Benjamin Schreiber, 66 ans, est tombé gravement malade en mars 2015. Transporté inconscient à l'hôpital, il a été réanimé à cinq reprises par les médecins, avant de finalement regagner sa cellule une fois rétabli.

Le rescapé a argué trois ans plus tard devant la justice qu'étant passé momentanément de vie à trépas, sa perpétuité avait été purgée.

Ses arguments n'ont pas convaincu un tribunal local, pas plus que la Cour d'appel de l'Iowa. « M. Schreiber est soit vivant, auquel cas il doit rester en prison, soit mort, et la question ne se pose alors pas », a-t-elle tranché.

[AFP, 9 novembre 2019]

CANADA :
IL DÉMÉNAGE EN CANOË POUR RÉDUIRE SES IMPÔTS

Installé dans un canoë avec ses affaires, John Konecny a remonté en juin 2018 le canal Rideau en direction d'Ottawa, où l'attendait un emploi d'été.

Enseignant dans une petite ville près de Toronto pendant l'année scolaire, M. Konecny effectuait chaque année ce trajet de plusieurs centaines de kilomètres en train, en avion ou en voiture. Mais l'Agence du revenu du Canada (ARC), qui permet aux Canadiens parcourant plus de 40 kilomètres afin de déménager pour le travail ou les études de déduire certaines dépenses de leur impôt, avait jusqu'à l'année dernière refusé ses demandes pour ces trajets.

Pour l'année prochaine, M. Konecny envisage d'effectuer son déménagement en traîneau à chiens.

[AFP, 13 novembre 2019]

ÉTATS-UNIS : TROIS VACHES PRENNENT LA CLÉ DES CHAMPS GRÂCE À L'OURAGAN DORIAN

Trois vaches emportées en mer suite à l'ouragan Dorian en septembre sur la côte Est américaine ont été retrouvées vivantes à des kilomètres de là, sur un chapelet d'îles sablonneuses.

Les trois mammifères ont été découverts par des agents du parc national côtier de Cape Lookout, trois mois après avoir disparu. Les trois vaches auraient nagé de 6 à 10 kilomètres en mer avant d'atteindre une île formée de dunes et de végétation éparse faisant partie des Outer Banks, un chapelet d'îles-barrières qui s'étire sur plus de 300 km le long des côtes de Caroline du Nord.

[AFP, 15 novembre 2019]

FANS DE BREAKING BAD, DEUX PROFS DE CHIMIE ARRÊTÉS POUR AVOIR PRODUIT DE LA METH

Un bâtiment de l'université d'Henderson, dans la petite ville d'Arkadelphia, avait été fermé le 8 octobre en raison d'une « odeur chimique indéterminée ». Des premières analyses dans un laboratoire ont montré des niveaux élevés de chlorure de benzyle, une substance pouvant être utilisée pour fabriquer de la méthamphétamine. Professeurs agrégés de chimie, Terry Bateman et Bradley Rowland ont été mis à pied à titre conservatoire, puis en garde à vue à la suite d'une enquête initiée par le service de police de leur université.

L'histoire rappelle immanquablement la série *Breaking Bad*, dans laquelle un prof de chimie se met à produire de la meth pour assurer l'avenir financier de sa famille après avoir été diagnostiqué d'un cancer. Dans un portrait réalisé en 2014 par le journal de l'université, Bradley Rowland s'était dit fan de la série.

[AFP, 19 novembre 2019]

LA POLICE DU TYROL AUX TROUSSES DU « GANG DU MILKA »

Les enquêteurs autrichiens tentent de récupérer près de vingt tonnes de chocolat Milka, d'une valeur d'environ 50 000 euros, qui se sont volatilisées alors qu'elles partaient pour la Belgique.

L'entreprise chargée du transport de la cargaison gourmande avait délégué la livraison à une autre entreprise hongroise, qui l'avait à son tour délégué à un sous-traitant tchèque.

Un inconnu s'est alors présenté auprès de l'entreprise de transport hongroise affirmant qu'il était le chauffeur tchèque accrédité pour cette commande et il a pu aller récupérer la cargaison en Autriche. Il a embarqué le chocolat, qui n'est jamais arrivé à destination. Il reste toujours introuvable, comme le camion.

[AFP, 23 novembre 2019]

ATTAQUES AUX EXCRÉMENTS : LE SUSPECT JUGÉ POUR « AGRESSION ARMÉE »

Samuel Opoku, 23 ans, a été arrêté et doit comparaître pour « agression armée » et « méfait » devant un tribunal de Toronto.

Selon l'enquête policière, il a déversé un seau de « matière fécale liquéfiée » sur une femme et un enfant dans une bibliothèque universitaire, lancé des excréments sur deux personnes dans un autre campus, et vidé un autre seau sur une femme dans une rue du centre-ville. Les trois attaques se sont produites les 22, 23, et 25 novembre. Une image du suspect prise par une caméra de sécurité avait été diffusée. Le maire de Toronto, John Tory, a félicité la police pour son efficacité.

[AFP, 28 novembre 2019]

LA GRESLE INTERDIT DE MOURIR LE WEEK-END

La maire de La Gresle [Loire] a pris un arrêté interdisant aux habitants de sa commune de décéder à leur domicile les samedis, dimanches et jours fériés.

« Il est interdit aux habitants de décéder à domicile sur le territoire communal les samedis, dimanches et jours fériés pour une durée indéterminée », précise cet arrêté. La maire a expliqué avoir pris cet arrêté absurde pour pointer la pénurie de médecins et dénoncer dans sa commune et celles avoisinantes « une situation sanitaire catastrophique ».

[AFP, 8 décembre 2019]

IL MANGE
UNE BANANE
À 120 000 $:
« J'AI ATTENDU
D'AVOIR FAIM. »

Avant de manger la banane qu'avait scotchée au mur l'artiste italien Maurizio Cattelan, une œuvre vendue 120 000 $ à la foire d'art contemporain Art Basel de Miami, David Datuna a attendu quelques heures, histoire d'« avoir faim », a expliqué en riant l'homme, de retour à New York.

Né à Tbilissi et installé aux États-Unis depuis 22 ans, David Datuna s'est montré fier de ce geste qui a fait sensation après qu'il eut posté sur son compte Instagram une vidéo de lui savourant la fameuse banane.

Il s'est targué lundi, lors d'un point presse à New York, d'être « le premier artiste à manger l'art d'un autre artiste » et a indiqué avoir reçu depuis « 40 à 50 000 messages sur Instagram », presque tous encourageants.

[AFP, 10 décembre 2019]

ALLEMAGNE : LITIGE AUTOUR DE FROMAGES QUI PUENT, LA JUSTICE TRANCHE

Une voisine d'une fromagerie de Bad-Heilbrunn, au sud de Munich, avait saisi le tribunal, se disant gênée par l'odeur. Exaspérée depuis plusieurs années, elle avait fini par apposer dans la rue des autocollants montrant un nez dans un panneau de signalisation.

Le tribunal lui a demandé d'enlever les autocollants. Cependant la voisine a le droit de continuer à dire publiquement de la fromagerie « qu'il y a une nuisance olfactive et qu'elle la trouve malodorante », a expliqué une porte-parole du tribunal, citée par l'agence DPA.

[AFP, 18 décembre 2019]

CANADA : DU POIL PUBIEN MAORI POUR LA BIÈRE DU SOUS-SOL DE L'ENFER

La brasserie albertaine Hell's Basement [le sous-sol de l'enfer] a mis en vente il y a deux ans une bière appelée « Huruhuru – The Feather » [Huruhuru – la plume], brassée avec des houblons de Nouvelle-Zélande censés lui donner de la légèreté et un petit goût d'agrumes idéal pour l'été, selon ses concepteurs.

Mais au début de la semaine, Te Hamua Nikora, un Maori, a expliqué sur Facebook que dans la langue des Maoris, la population autochtone de Nouvelle-Zélande, le mot huruhuru ne voulait pas dire *plume* mais *poils pubiens*.

« Nous reconnaissons que nous n'avons pas envisagé que huruhuru pouvait être compris comme une référence à des poils pubiens dans la langue courante et que la consultation d'un représentant maori aurait été une meilleure référence que celle de dictionnaires en ligne », a admis Mike Patriquin, le patron de la brasserie.

[AFP, 9 août 2020]

TROIS SERINGUES DANS LE RECTUM, AUCUNE IDÉE DANS LA TÊTE

La police de Floride a fait fort avec l'arrestation d'un homme suspecté de détenir des stupéfiants. Les policiers ont découvert lors de la fouille trois seringues dans son rectum. L'intéressé leur a assuré qu'elles n'étaient pas à lui et qu'il n'avait absolument aucune idée de la façon dont elles avaient bien pu finir là.

[AFP, 22 décembre 2019]

MIAMI :
ILS MATCHENT SUR UN SITE FÉTICHISTE D'EUNUQUES MAIS RATENT LEUR CASTRATION

Dans la moiteur de l'été à Miami, un homme en a castré un autre… avec son accord, après l'avoir rencontré sur un site fétichiste d'eunuques. L'apprenti chirurgien a déclaré aux policiers qu'il avait appris le « métier » en grandissant à la ferme et que ce n'était pas la première fois qu'il s'adonnait à une telle opération.

Mais celle-ci a plutôt mal tourné : lorsque les secours sont arrivés dans le bloc opératoire improvisé, le castré consentant saignait abondamment, une serviette sur son bas-ventre. À proximité, un récipient rose contenait « deux parties du corps qui avaient été récemment beaucoup plus proches de la victime », décrit sur Facebook le bureau du shérif local.

[AFP, 22 décembre 2019]

IVRES, ILS COPULENT DANS LA VOITURE DE POLICE

Un couple de trentenaires étaient un peu trop éméchés pour prendre le guidon de leur vélo. Embarqués à l'arrière de la voiture de police, les deux cyclistes, pris d'une envie pressante, se sont déshabillés et ont commencé à copuler. L'histoire ne dit pas quelle amende ils ont reçue.

[AFP, 22 décembre 2019]

CANADA : L'ARMÉE ASSIÉGÉE PAR DES POKÉMONS

En 2016, des millions d'adeptes dans le monde sont partis à la chasse aux Pokémons grâce à Pokémon Go. Des documents déclassifiés obtenus par la chaîne CBC en vertu de la loi d'accès à l'information montrent à quel point l'armée canadienne a été déroutée à l'époque par le nombre de suspects interceptés sur ses bases militaires.

Le major Jeff Monaghan, de la base de Kingston en Ontario, écrit dans un courriel : « Merci d'avertir les commissaires que le Fort Frontenac est apparemment devenu un PokéGym et un PokéStop. Pour être tout à fait honnête avec vous, je n'ai aucune idée de quoi il s'agit. » Des agents de la police militaire se sont vus confier pour mission d'explorer des installations téléphone en main. « Nous devrions presque embaucher un jeune de 12 ans pour nous aider », a écrit un expert en sécurité de la base de Borden, au nord de Toronto. À l'entrée de la base, une femme avait été surprise en train de jouer avec ses trois enfants, joyeusement nichés sur des chars d'assaut.

[AFP, 3 janvier 2020]

JEUX OLYMPIQUES DE TOKYO : LA PARTOUZE DISQUALIFIÉE

Les lits écologiques des prochains Jeux olympiques au Japon interpellent certains athlètes. Ces lits en carton, fabriqués par la compagnie Airweave pour des Jeux désireux de réduire leur impact écologique, ont notamment inquiété le basketteur australien Andrew Bogut. « Très bonne initiative… jusqu'à ce que les athlètes finissent leur compétition et que les milliers de préservatifs distribués dans le village commencent à être utilisés », a-t-il tweeté. Jointe par l'AFP, la compagnie assure que les lits sont étudiés pour tout supporter jusqu'à 200 kilos. « Nous avons mené des expériences […] à deux personnes dans le lit, ils devraient être assez solides pour supporter la charge », assure un porte-parole.

Aux derniers Jeux d'hiver à Pyeongchang, l'application Tinder a vu son utilisation grimper de 350 %. En 2016, aux Jeux d'été de Rio, les organisateurs avaient distribué 450 000 préservatifs, soit 42 par athlète.

[AFP, 11 janvier 2020]

ANGLETERRE : DES BIENFAITEURS MASQUÉS SÈMENT DES BILLETS DANS LA RUE

Depuis 2014, des liasses de billets apparaissaient régulièrement dans les rues du village anglais de Blackhall Coliery. Les habitants du village, situé sur la côte nord-est de l'Angleterre, trouvaient, la plupart du temps sur le trottoir, des paquets de billets totalisant pour la plupart 2000 livres (2300 euros). Après des années d'enquête, le mystère est levé : l'argent ne tombait pas du ciel, mais venait de « bons samaritains » qui – probablement gênés par ces vaines recherches – ont fini par se signaler à la police.

Lundi, les enquêteurs ont expliqué que ces deux généreux donateurs voulaient ainsi marquer leur gratitude pour le village, avec lequel ils ont un « lien émotionnel », après avoir eux-mêmes profité d'une « aubaine inattendue ».

[AFP, 14 janvier 2020]

LE MÉROU POLONAIS ÉTAIT UN BEAU BÉBÉ

Un monstre tout droit sorti d'un film d'horreur : un mérou vieux de 50 ans, de taille humaine et d'un poids de 159 kg, a été pêché le 29 décembre en Floride, devenant une des plus vieilles prises jamais faites. Pour calculer l'âge de ce « mérou Varsovie », appelé aussi « mérou polonais », les scientifiques ont analysé les otolithes (minuscules concrétions minérales nichées dans les oreilles) du poisson géant. Le poisson avait été capturé au large de la côte ouest de la Floride, à 180 mètres de profondeur.

[AFP, 15 janvier 2020]

SUÈDE : IL FALSIFIE SON CV ET SE HISSE AU SOMMET DE L'OTAN

Pendant plus de dix ans, un homme qui avait falsifié son CV a été au service de l'armée suédoise et a occupé plusieurs postes de haute sécurité, jusqu'à devenir officier d'état-major au Grand quartier général des Puissances alliées en Europe de l'Otan. À la suite de ces révélations, l'armée suédoise a reconnu que l'homme, dont l'identité n'a pas été dévoilée, avait été « employé à tort ».

[AFP, 16 janvier 2020]

URUGUAY : UN COCHON TOMBE DU CIEL ET FINIT EN RÔTI

Un hélicoptère survolant une villa s'est délesté d'un cochon mort dans une petite piscine. L'affaire, survenue à José Ignacio – une station balnéaire huppée à 160 km à l'est de Montevideo – « fait l'objet d'une enquête », a indiqué la procureure Ana Dean, qui a recueilli le témoignage du propriétaire de la maison, un homme d'affaires argentin.

L'homme a déclaré qu'il « était chez lui avec sa famille » quand il a entendu « un vacarme ». En sortant, ils ont vu « un cochon dans la piscine, l'en ont retiré, l'ont fait rôtir puis mangé ».

[AFP, 17 janvier 2020]

UN PROCÈS À 20 000 EUROS POUR OZZY, CHAT INFIDÈLE

Ozzy, un Maine coon gris et blanc du quartier résidentiel de Brackenbury Village, à Londres, avait pour habitude de revenir de ses escapades le ventre plein et le pelage soyeux, rapportent plusieurs journaux britanniques. En novembre 2015, pour lever le mystère, sa propriétaire a fini par équiper le félin d'un collier GPS. La vie secrète d'Ozzy s'en fut bientôt révélée : il passait son temps chez la voisine, une paysagiste renommée.

Celle-ci, prise d'affection pour le chat, s'est défendue en affirmant qu'elle ne faisait rien de mal et que l'animal était un être doué de sensibilité. En guise de réponse, les propriétaires ont pris un avocat pour lui interdire de nourrir Ozzy.

Après plusieurs années d'une bataille judiciaire qui aura coûté aux deux parties au total plus de 20 000 livres [23 500 euros], elles ont fini par trouver un accord légalement contraignant, selon lequel la paysagiste accepte de limiter ses interactions avec le chat.

[AFP, 18 janvier 2020]

OURSONS BOURRÉS : HARIBO PART EN GUERRE

Ander Méndez voyait un bel avenir à l'affaire qu'il a montée avec deux amis : vendre des ours en gélatine imbibés d'alcool. Jusqu'à ce que cette start-up espagnole s'attire les foudres du géant allemand Haribo.

« Le ciel m'est tombé sur la tête », raconte à l'AFP Ander Méndez, PDG de Ositos con alcohol (Oursons avec alcool), quand cet ingénieur de 24 ans a reçu chez lui il y a deux semaines une mise en demeure d'avocat expliquant qu'il y a « une grande similitude » entre cette confiserie et celle d'Haribo et que les « oursons bourrés » violent les droits de propriété intellectuelle de la société. Mais le groupe allemand propose une solution « à l'amiable » aux trois jeunes entrepreneurs : « arrêter de produire et vendre, abandonner la marque déposée en Espagne, transférer la gestion et la propriété du domaine ositosconalcohol.com » à Haribo.

[AFP, 21 janvier 2020]

VESOUL : POUR UN COURS D'HISTOIRE, IL VIENT AU COLLÈGE AVEC UN OBUS

Lors d'un cours d'histoire, un élève de 12 ans a apporté un obus de mortier de 60 mm afin d'illustrer « un cours sur la Première Guerre mondiale qui avait eu lieu » la veille, a expliqué à l'AFP Hélène Hargitai, directrice de cabinet de la préfète de Haute-Saône.

Le collégien a expliqué aux policiers du commissariat de Vesoul « avoir découvert l'obus dans un champ avec son père il y a un mois ».

[AFP, 22 janvier 2020]

ÎLE D'OLÉRON : VICTOIRE POUR LE COQ MAURICE

Le coq Maurice pourra continuer à s'égosiller : les députés ont voté en commission une proposition de loi visant à protéger le « patrimoine sensoriel » des campagnes, alors que les litiges se multiplient en zones rurales. Portée par le député de Lozère Pierre Morel-à-l'Huissier et cosignée par des élus de tous bords, cette proposition de loi entend protéger les ruraux des actions juridiques engagées contre les « bruits et les effluves » de la campagne, au nom de « troubles anormaux du voisinage ».

Cet été, le litige autour du coq chanteur « Maurice » de l'île d'Oléron était devenu le symbole du conflit entre ruraux et nouveaux arrivants, la justice ayant rejeté la plainte des voisins indisposés par son cocorico matinal.

[AFP, 23 janvier 2020]

CANADA : DES COMÉDIENS EN HERBE SE FONT ROULER

Une douzaine d'hommes et de femmes tenaient des pancartes à l'extérieur d'un tribunal lundi pour soutenir Meng Wanzhou, directrice financière du géant chinois de l'équipement télécoms Huawei, qui contestait sa procédure d'extradition vers les États-Unis. « Libérez Meng, Justice équitable ! », pouvait-on lire sur une pancarte. « Trump arrête de nous harceler », clamait une autre.

Certains manifestants ont été retrouvés par des journalistes et ont expliqué qu'ils avaient été payés entre 100 et 150 dollars canadiens [69 et 103 euros] pour deux heures sur ce qu'ils pensaient être un plateau de tournage. Quand des journalistes l'ont interrogée, Julia Hackstaff a dit avoir compris qu'elle avait été bernée : « J'ai commencé à réaliser que personne n'avait dit : action ! »

Interrogée, l'ambassade de Chine à Ottawa n'a pas répondu à ce jour aux sollicitations de l'AFP à ce sujet.

[AFP, 24 janvier 2020]

INDE : SUITE À UNE MAUVAISE EXPÉRIENCE, ELLE REFUSE DE SE COUPER LES CHEVEUX DEPUIS 11 ANS

Avec une coiffure mesurée à 190 cm, Nilanshi Patel conserve son titre de l'adolescente à la plus longue chevelure du monde.

Cette jeune Indienne de 17 ans, qui vit dans la petite ville de Modasa dans l'État du Gujarat (ouest de l'Inde), n'a pas poussé la porte d'un coiffeur depuis onze ans. « À six ans, j'ai eu une très mauvaise expérience dans un salon de coiffure. Depuis, j'ai beaucoup d'appréhension dès qu'il s'agit de couper mes cheveux. Mes parents ont accepté mon choix et maintenant mes cheveux sont devenus mon porte-bonheur », précise-t-elle. Et d'ajouter : « Le seul moment où j'ai des problèmes c'est pour nager. »

(AFP, 24 janvier 2020)

USA : STAR TREK INSPIRE LE NOUVEAU LOGO DE LA FORCE DE L'ESPACE

Le président Donald Trump a révélé dans un tweet le logo de la sixième branche des forces armées des États-Unis, dont il se targue de la création. Il s'agit d'une flèche pointée vers le haut, surplombant une planète sur un fond d'étoiles. Un logo très similaire à celui de la Starfleet, une flotte spatiale de l'univers Star Trek, qui existe depuis 1966.

La ressemblance a évidemment provoqué amusements et moqueries sur les réseaux sociaux, ce qui a poussé le Pentagone à publier un communiqué : « Le symbole delta, l'élément principal du sceau, a commencé à être utilisé par les forces aériennes américaines dès 1942 et a été utilisé sur des emblèmes d'agences spatiales dès 1961 », soit cinq ans avant la création de la série Star Trek. Prends ça Monsieur Spocke.

[AFP, 26 janvier 2020]

INDONÉSIE : CHERCHE VOLONTAIRE POUR RETIRER LE PNEU DU COU DU CROCODILE GÉANT. FORTE RÉCOMPENSE.

Les autorités indonésiennes ont décidé d'offrir une récompense à quiconque pourra venir en aide à un crocodile marin ayant un pneu de moto coincé autour du cou… et survivre à l'expérience.

Les services communaux de Palu, la capitale de la province du Sulawesi central, ont essayé – en vain – depuis des années de retirer le pneu par leurs propres moyens. Après la diffusion d'une vidéo montrant l'animal en train d'essayer d'aspirer de l'air, certains s'étaient inquiétés du fait que le pneu était en train de tuer lentement l'animal. Le gouverneur de la province a ordonné à son agence de protection de l'environnement, qui manque cruellement de ressources, de trouver une solution. Le chef de l'agence a affirmé qu'il payerait une récompense de sa poche, précisant qu'il ne lançait pas un appel à des amateurs, mais plutôt à des spécialistes de la faune sauvage.

[AFP, 31 janvier 2020]

MUNICIPALES À DIJON : LE MOT « SEXE » ATTIRE LES ÉLECTEURS

En matière de campagne électorale, la stratégie est culottée : un candidat écologiste aux municipales à Dijon a inscrit le mot « sexe » en gros caractères sur certaines affiches, dans le but avoué d'attirer l'attention des électeurs.

« Maintenant que vous êtes attentifs, occupons-nous du climat », poursuit, en plus petits caractères, l'affiche de la liste « Un printemps écologiste pour Dijon », placardée dans les rues de la capitale bourguignonne.

« On est un groupe d'écologistes amateurs, on s'est dit que pour avoir un espace dans les médias, il fallait un peu bousculer le genre », explique à l'AFP Bruno Louis, médecin généraliste de 55 ans et tête de liste.

[AFP, 13 février 2020]

BELGIQUE : UN DRONE EN EXCÈS DE POIDS LIVRE DE LA DROGUE EN PRISON ET SE CRASHE

Coronavirus oblige, les visites au parloir sont suspendues en prison, mais les trafiquants ont de la ressource : une livraison de drogue par drone a été déjouée jeudi dans un établissement pénitentiaire de Bruxelles.

« On confirme l'interception du drone par notre personnel au niveau du préau » de la prison de Forest, une commune de l'agglomération bruxelloise, a indiqué Valérie Callebaut, porte-parole de l'Administration pénitentiaire. « Le drone aurait été trop lourdement chargé, ce qui aurait précipité sa chute », a rapporté l'agence de presse Belga.

Le destinataire de la drogue, quant à lui, s'est trahi en s'inquiétant auprès du personnel de ne pas recevoir son colis.

[AFP, 15 février 2020]

IL LA DEMANDE EN MARIAGE AVEC DES TANKS EN FORMATION CŒUR

Dans des images diffusées par le ministère russe de la Défense, seize chars T-72B3 ont formé un cœur sous la neige sur le polygone militaire d'Alabino, près de Moscou. Le lieutenant Denis Kazantsev a ensuite pris par la main son amoureuse, Alexandra Kopytova, et l'a emmenée les yeux fermés au centre de ce cœur de blindés. Chef de peloton, M. Kazantsev s'est ensuite mis à genoux pour faire sa demande. « Je ne réalise toujours pas ce qu'il se passe », a déclaré la jeune femme à la chaîne de l'armée.

« Personne n'a jamais vu une demande en mariage d'une telle envergure », a assuré le reporter de la chaîne.

[AFP, 16 février 2020]

FOOT :
CINQ ANS DE SUSPENSION POUR AVOIR MORDU LE SEXE D'UN ADVERSAIRE

La commission de discipline du district mosellan a dû récemment se pencher sur un dossier inédit. Les faits se sont déroulés à l'issue d'une rencontre de 2e division de district entre Terville et Soetrich. Selon *Lorraine Actu*, qui a révélé l'affaire, deux des adversaires ont commencé à se battre. Un troisième, joueur de Terville, a tenté de les séparer. Le joueur de Soetrich a alors mordu ce dernier au sexe. Bilan : une dizaine de points de suture et quatre jours d'incapacité temporaire de travail.

« Comme ce dossier était assez original, la commission de discipline a demandé qu'un instructeur soit nommé pour qu'on ne se contente pas des témoignages », a expliqué Emmanuel Saling, le directeur général du district de Moselle. La commission a suspendu pour cinq ans le joueur de Soetrich. Le joueur blessé de Terville a lui été suspendu six mois. Allez savoir pourquoi.

[AFP, 19 février 2020]

SEINS NUS DEVANT SON MARI : ELLE PLAIDE COUPABLE

Une histoire simple : Mme Buchanan et son mari effectuent des travaux d'isolation et décident de se mettre en sous-vêtements pour éviter de se salir. Les enfants du mari, nés d'un premier mariage, rapportent l'épisode à leur mère. Mme Buchanan est inculpée. Elle proteste, arguant que si son mari peut travailler torse nu, elle ne voit aucune raison l'empêchant d'en faire autant. Les services du procureur ne le voient pas de cet œil, estimant qu'une femme montrant ses seins constitue bien un attentat à la pudeur. À la suite d'une négociation, Tilli Buchanan a reconnu mardi avoir exhibé ses seins nus devant son mari, causant par la même « un trouble ». En plaidant coupable de cet attentat à la pudeur, elle a du moins évité d'être fichée comme délinquante sexuelle.

[AFP, 26 février 2020]

STYLO-ESPION, INTIMIDATIONS ET COUPS BAS : LA CAMPAGNE S'ENVENIME À SAINT-BONNET-PRÈS-BORT

La découverte d'un stylo enregistreur dans la salle du conseil municipal de Saint-Bonnet-près-Bort (200 habitants) a mis le feu aux poudres dans la campagne électorale de ce village. Le stylo enregistreur a été découvert sous un pot de fleurs par la première adjointe, a raconté le maire Daniel Couderc. Il a porté plainte, montrant du doigt l'une de ses conseillères municipales, Amélie Rebière, pourtant élue sur sa liste, mais qui s'est opposée à lui autour de débats sur les éoliennes ou la défense de l'école. « Je reçois des menaces. J'ai failli me prendre une claque par une conseillère et je me fais insulter par le maire. C'est pour ça que j'enregistre le conseil depuis 2017 », a-t-elle expliqué à *La Montagne*. Elle a à son tour déposé trois plaintes contre le maire, une pour faux en écriture, deux pour mise en danger de la vie d'autrui (la cour de l'école mal déneigée et le poêle de l'école pas aux normes).

[AFP, 27 février 2020]

MENOTTÉE À SON
DÉAMBULATEUR
ET ARRÊTÉE POUR
EXHIBITIONNISME
LE JOUR DE
SON CENTIÈME
ANNIVERSAIRE

Pour son centième anniversaire, une Américaine avait souhaité connaître les frissons d'une arrestation. Son vœu a été exaucé mardi par deux agents, qui l'ont interpellée pour « exhibitionnisme » en plein repas à la maison de retraite.

Sous les yeux de ses proches complices, Ruth Bryant a été menottée à son déambulateur et conduite, sirènes hurlantes, jusqu'à la prison du comté de Person, en Caroline du Nord, rapporte le site d'informations local Courier Times.

Peinant à s'extraire du véhicule, elle a suggéré aux policiers de s'en prendre plutôt « aux gens qui fabriquent ces maudits sièges ».

Photographiée comme tous les suspects, elle est repartie avec le cliché en souvenir.

[AFP, 7 mars 2020]

FINISTÈRE : 3 500 SCHTROUMPFS SE RASSEMBLENT ET TAPENT UN SCANDALE

Dans la ville de Landerneau, près de Brest, 3 500 personnes s'étaient grimées en Schtroumpfs pour battre le record du plus grand rassemblement de Schtroumpfs du monde.

Le rassemblement, en pleine crise du coronavirus, s'est taillé un joli succès mais s'est aussi attiré les critiques de la presse italienne, qui dénonce un rassemblement irresponsable.

« Il ne faut pas qu'on s'arrête de vivre non plus tant qu'on peut, c'était l'occasion de dire aussi qu'on est en vie ! », s'est défendu Patrick Leclerc, maire divers droite de Landerneau.

[AFP, 11 mars 2020]

UN ASTROPHYSICIEN INVENTE UN COLLIER ANTI-COVID ET FINIT LES NARINES PLEINES D'AIMANTS

Chercheur à l'Université Swinburne de Melbourne, Daniel Reardon cherchait à inventer un collier prévenant les contaminations. Cet astrophysicien australien pensait créer, pour tuer le temps, un dispositif émettant un signal quand la personne approche ses mains trop près de sa bouche. Il a raconté mardi à la chaîne publique ABC qu'après des premiers essais infructueux, assis sur son canapé, il avait commencé « de façon idiote » à se mettre sur le visage des aimants, éléments clés de son invention. « J'ai commencé avec le lobe de mon oreille puis avec mes narines. Je me suis retrouvé avec des aimants dans chaque narine qui se sont refermés en pinçant ma cloison nasale. » Après avoir essayé pendant une heure de les retirer, il a finalement écouté sa compagne, radiologue, et est allé à l'hôpital où elle exerce.

[AFP, 1er avril 2020]

SEUL AU VOLANT, LE PITBULL TENTE DE SEMER LA POLICE

La police avait reçu plusieurs appels l'alertant sur un automobiliste qui venait de heurter deux autres véhicules près de Seattle avant de prendre la fuite, a expliqué à l'AFP une policière locale, Heather Axtman. Les services de secours avaient dans la foulée reçu de multiples signalements sur une voiture roulant en zigzags, à quelque 160 km/h.

Des policiers lancés à la poursuite du véhicule ont dû déployer des herses pour stopper la voiture et ont découvert un pitbull sur le siège du conducteur. Un homme, assis côté passager, tournait le volant et manœuvrait les pédales.

Alberto Tito Alejandro, 51 ans, placé en garde à vue pour conduite sous stupéfiants, a expliqué qu'il tentait d'apprendre à conduire à son chien. L'animal a été placé dans un refuge.

[AFP, 1er avril 2020]

COVID : ELLE CACHE LE PQ, IL LA FRAPPE

Un jeune Californien a été arrêté pour avoir frappé sa mère qui avait caché le papier toilette familial pour éviter qu'il n'en fasse un usage trop abondant en ces temps de pénurie liée au coronavirus.

La police a été appelée au milieu de la nuit pour intervenir à Saugus, au nord de Los Angeles, dans une dispute familiale déclenchée par ce produit d'hygiène, selon Shirley Miller, une porte-parole citée par des médias locaux.

La mère de famille a déclaré aux policiers qu'elle avait dissimulé le stock de papier toilette parce que son fils de 26 ans, Adrian Yan, en utilisait trop alors que le produit est difficile à trouver dans les magasins en ce moment.

[AFP, 10 avril 2020]

ELLE PROMÈNE SA TORTUE SANS ATTESTATION : 400 EUROS D'AMENDE

« Les carabiniers du quartier de Centocelle ont sanctionné une femme de 60 ans surprise en dehors de son domicile sans motif justifié » en dépit des mesures de confinement en vigueur pour endiguer le coronavirus, a annoncé mardi le service de presse des carabiniers dans un communiqué. Cette dame affirmait qu'elle était sortie de chez elle pour promener sa tortue. Cette explication n'a pas convaincu la patrouille des carabiniers, qui lui ont dressé un PV d'un montant de 400 euros, a précisé à l'AFP le major Nunzio Carbone.

[AFP, 15 avril 2020]

MALAISE EN MALAISIE : UN FANTÔME OBLIGE LES HABITANTS À RESTER CONFINÉS

Depuis quelques jours un spectre blanc aux longs cheveux hante un village du nord-est de la Malaisie, effrayant les habitants superstitieux pour qu'ils restent chez eux et respectent le confinement destiné à contenir l'épidémie de coronavirus.

Ce « fantôme » est Muhammad Urabil Alias, un habitant du village de Kemaman qui a eu l'idée de revêtir une longue tunique blanche, un masque et une perruque pour effectuer des rondes nocturnes. « Je regardais les infos et comme je voyais que de plus en plus de gens mouraient, j'ai décidé de faire peur aux habitants. »

Cette initiative s'est avérée efficace dans un pays où les croyances dans les êtres surnaturels restent fortes, notamment dans les régions les plus rurales. Un habitant du village explique que quand les jeunes voient le « fantôme » parcourir les rues, « ils courent comme des fous pour rentrer dans leur maison. »

[AFP, 18 avril 2020]

DÉCLARÉE MORTE DEPUIS UN MOIS, ELLE SE RÉVEILLE À L'HÔPITAL

Une femme inconsciente depuis trois semaines a repris connaissance dans l'hôpital de Guayaquil, en Équateur, où elle avait été admise en pleine épidémie de coronavirus. On lui a alors annoncé qu'elle était morte.

Le décès d'Alba Maruri, 74 ans, avait de fait été déclaré le 27 mars, après son hospitalisation due à de la fièvre et des difficultés respiratoires. Ses proches ont reçu une semaine plus tard un corps, qui a été brûlé sans avoir été préalablement identifié par sa famille.

Mme Maruri « était inconsciente pendant trois semaines et avec cette folie du Covid, [à l'hôpital] on a confondu les noms et on l'a déclarée morte », a raconté son neveu Juan Carlos Ramirez. « On ne sait toujours pas de qui sont les cendres à la maison. »

[AFP, 26 avril 2020]

PAS IVRE, IL PRÉNOMME SON ENFANT X Æ A-12

X Æ A-12 : ce n'est pas le dernier modèle de Tesla, ni une fusée de SpaceX, mais le prénom donné par Elon Musk, le fantasque chef d'entreprise, au fils qu'il vient d'avoir avec la musicienne Grimes, Claire Boucher de son vrai nom. Celle-ci a tenté un décryptage sur Twitter. « X, la variable inconnue. Æ, mon orthographe elfique de Ai [amour et/ou intelligence artificielle]. A-12 = précurseur du SR-17 [notre avion préféré]. »

Le papa a gentiment fait remarquer en retour qu'il ne s'agissait pas du SR-17, mais du SR-71, un avion-espion américain supersonique.

Il n'est pas sûr cependant que le couple puisse faire reconnaître X Æ A-12 Musk auprès des autorités de Californie, les lois de l'État interdisant les caractères non alphabétiques.

[AFP, 7 mai 2020]

JAKARTA : CORVÉE DE CHIOTTES POUR LES ANTI-GESTES BARRIÈRES

En Indonésie, à cause du Covid, sortir dans la rue sans masque est puni d'une amende de 250 000 roupies (15,50 €) depuis cette semaine. Et les habitants se rassemblant en groupe se verront forcés de nettoyer des installations publiques – dont les toilettes – en portant un gilet dénonçant leurs méfaits.

[AFP, 13 mai 2020]

ELLE ENVOIE UNE TONNE D'OIGNONS À SON EX POUR LE FAIRE PLEURER

Une Chinoise éconduite par son amoureux à quelques jours de la Saint-Valentin locale, le 20 mai, a décidé de se venger en déversant devant chez lui une tonne d'oignons.

Elle a ordonné aux livreurs d'empiler les oignons devant la porte de son appartement et de partir en toute discrétion sans sonner. « J'ai pleuré pendant trois jours, et maintenant c'est à ton tour ! », a-t-elle écrit dans une note accompagnant le chargement.

« Je ne sais pas si son petit copain a pleuré ou pas. Mais tout le quartier est désormais envahi par l'odeur pestilentielle des oignons en train de pourrir », a déclaré une femme habitant le même immeuble.

[AFP, 21 mai 2020]

INDE : ELLE TRANSPORTE SON PÈRE À VÉLO ET DÉCROCHE UNE PLACE DANS L'ÉQUIPE NATIONALE DE CYCLISME

Jyoti Kumari, adolescente de 15 ans, a transporté en vélo son père blessé sur 1200 kilomètres en sept jours. L'homme, un conducteur de pousse-pousse, est un des millions de travailleurs migrants ruinés par le confinement décidé en mars par les autorités pour tenter de ralentir la progression de la pandémie de coronavirus.

« Elle a parcouru cette distance en sept jours avec son père et aussi des bagages. Je pense qu'elle a quelque chose en elle, ce niveau d'endurance. Nous pouvons la tester », a déclaré le président de la fédération nationale de cyclisme d'Inde, Onkar Singh.

[AFP, 24 mai 2020]

RIFIFI AU VILLAGE : LE MAIRE ATHÉE SE FAIT ÉLIRE À L'ÉGLISE

Le maire d'un village normand a été élu par son conseil municipal réuni dans l'église de la commune, « une utilisation manifestement illégale » du lieu de culte, a estimé l'évêché.

« Ma salle de conseil municipal ne permettait pas le respect des gestes barrières. Comme on a une église, qu'on entretient depuis la loi de séparation de l'Église et de l'État de 1905, qui sert cinq fois par an et fait 300 m^2, l'idée c'était de faire ça là-bas », a expliqué Stéphane Amilcar, maire d'Emiéville (650 habitants). Le curé de la paroisse, puis le sous-préfet, ont essayé de dissuader le maire, explique ce dernier. Mais « j'ai campé sur mes positions », explique l'élu, qui se dit « athée à 300 % ». « Je trouve ça inadmissible. On est propriétaire : on paye l'eau, l'électricité, les fonciers et on m'interdit de rentrer chez moi, en gros. »

[AFP, 27 mai 2020]

DOUTES APRÈS LA MORT DE L'ERMITE, QUI NE MANGEAIT PLUS DEPUIS 80 ANS

Un yogi indien est mort mardi à l'âge de 90 ans, a annoncé son voisin à l'AFP. Ascète à la longue barbe et avec un anneau dans le nez à la façon d'une déesse hindoue, Prahlad Jani était originaire du petit village de Charada et clamait ne pas avoir consommé d'eau ou de nourriture depuis l'âge de 11 ans.

Le yogi disait avoir été béni par une déesse dans son enfance, ce qui lui aurait conféré des pouvoirs spéciaux. « Je reçois l'élixir de vie par le trou de mon palais, ce qui me permet de vivre sans nourriture et sans eau. » Son ascétisme avait en tout cas attiré l'attention de scientifiques. Des équipes médicales indiennes l'ont observé à deux reprises, en 2003 et 2010. Au cours de cette seconde étude, tout au long de laquelle il était surveillé en permanence par des caméras, il a tenu sans boire ni manger, mais aussi sans uriner ni déféquer, pendant deux semaines, stupéfiant les médecins chargés de l'observer.

[AFP, 28 mai 2020]

ARMÉS DE MACHETTE, LES GO-GO DANSEURS SE TROMPENT DE MAISON

Terrence Leroy était venu un dimanche matin à Goolgowi avec un associé pour assouvir les fantasmes sexuels d'un client qui les avait contactés sur Facebook. Prenant ces intrus pour un ami qui avait l'habitude de venir lui préparer son café, l'habitant de la maison a d'abord eu pour réflexe, en entendant un bruit, de lancer : « Casse-toi ! Il est trop tôt. » Mais, allumant la lumière, il a découvert deux hommes dans sa chambre avec des machettes. Réalisant rapidement la méprise, les deux hommes ont présenté leurs excuses et sont partis à la bonne adresse. Alertée, la police est arrivée peu de temps après.

Lors du procès, l'avocat de M. Leroy a affirmé qu'il n'avait nullement eu l'intention d'intimider qui que ce soit. « Il y avait un contrat commercial pour attacher et caresser avec un balai l'homme à moitié nu en sous-vêtements », a-t-il dit. Le juge s'est dit convaincu que M. Leroy s'était bien trompé d'adresse. « Les machettes étaient pour eux des accessoires. Le scénario n'était pas écrit et ils avaient toute latitude pour effectuer leur prestation. »

[AFP, 30 mai 2020]

LE SUPPORTER EN CARTON ÉTAIT UN SERIAL KILLER

La fédération australienne de rugby (NRL) voulait marquer le coup lors de sa reprise le week-end dernier, à huis clos. S'inspirant d'une idée déjà appliquée pour les matchs de football en Allemagne, elle a proposé aux fans de payer 22 dollars australiens (13,50 euros) pour faire imprimer une effigie en carton d'eux, grandeur nature, disposée dans les tribunes.

Mais des farceurs ont détourné le dispositif en envoyant des photos improbables, comme celle de Harold Shipman, surnommé « Dr. Death » (Docteur La Mort), un médecin anglais reconnu coupable en 2000 d'avoir tué 15 de ses patientes. Son portrait trônait dimanche en tribunes du match entre les Penrith Panthers et les Newcastle Knights… alors qu'il s'est suicidé en détention il y a plus de 15 ans.

[AFP, 20 juin 2020]

FÊTE ENTRE VOISINS : 50 GENDARMES, 6 BLESSÉS

Un homme de 77 ans était en garde à vue jeudi, après avoir fait feu à plusieurs reprises avec un fusil de chasse, lors d'une dispute autour d'une soirée d'anniversaire dans sa rue, dans la commune des Églisottes-et-Chalaures.

Une violente bagarre semble avoir impliqué le fils du tireur présumé et des participants à la fête, membres de la communauté de gens du voyage sédentarisés. Son père a alors fait feu à plusieurs reprises depuis sa fenêtre, blessant très légèrement cinq personnes, et assez grièvement sa belle-fille, touchée au thorax. Quelque 50 gendarmes ont été dépêchés pour ramener le calme dans la rue où s'étaient rassemblés plus de 150 protagonistes, beaucoup voulant s'en prendre au tireur. Le maire a indiqué qu'au-delà de la soirée, l'incident trouverait aussi ses racines dans un voisinage conflictuel de longue date.

[AFP, 21 juin 2020]

IL PÈTE SUR LA POLICE : 500 EUROS D'AMENDE

Coupable d'avoir émis « une flatulence massive » lors d'un contrôle de police, un Viennois a écopé d'une amende de 500 €. L'auteur du délit a protesté sur les réseaux sociaux de cette contravention à ses yeux disproportionnée et injustifiée.

En réponse aux nombreux commentaires qui ont suivi, la police municipale s'est fendue de messages sur Twitter pour se justifier : « Naturellement, personne n'est mis en cause s'il lui en échappe un par accident [...] Mais dans ce cas précis, le jeune homme, après s'être montré provocant et peu coopératif, s'est levé légèrement du banc, a regardé les agents et a manifestement de façon tout à fait délibérée émis une flatulence massive à proximité immédiate de ceux-ci. »
La police précise que la sanction peut être contestée par la voie légale.

[AFP, 22 juin 2020]

ÉVADÉS DE PRISON, ILS PROMETTENT DE REVENIR LE PLUS VITE POSSIBLE

« Davad Zukanovic et Lil Ahmetovic, les deux détenus qui s'étaient évadés le 3 juin de la prison de Rebibbia ont été capturés dans la province de Pise », en Toscane, indique un communiqué du ministère.

Les deux cousins roms avaient laissé un mot expliquant, selon le quotidien *La Repubblica*, qu'ils avaient dû quitter la prison pour régler des problèmes familiaux : leurs enfants se trouvaient en mauvaise posture, probablement à cause d'une histoire de trafic de drogue, ils devaient les protéger.

Condamnés pour recel et fraude, les deux cousins, qui auraient dû sortir de prison en 2029, avaient promis dans leur courrier de revenir « le plus vite possible ».

[AFP, 23 juin 2020]

SRI LANKA :
UN CHAT CONTREBANDIER S'ÉVADE DE PRISON

Un chat a tenté samedi d'introduire de la drogue et des cartes SIM dans la principale prison du Sri Lanka. D'abord intercepté, il s'est échappé de la prison de haute sécurité Welikada dimanche, ont rapporté lundi la police et la presse locales.

Le sachet en plastique attaché à son cou, qui contenait près de deux grammes d'héroïne, deux cartes SIM et une carte mémoire, est resté en possession de l'administration.

D'après le journal *Aruna*, la police sri-lankaise avait déjà saisi la semaine dernière un aigle soupçonné d'être utilisé par des trafiquants de drogue pour distribuer des narcotiques dans une banlieue de Colombo.

[AFP, 3 août 2020]

COVID : TAÏWAN PROPOSE DES VOLS POUR NULLE PART

Confrontées à l'effondrement du trafic aérien dû au coronavirus, des compagnies taïwanaises proposent des vols panoramiques, des formations d'hôtesses et stewards pour les enfants, et même des « vols pour nulle part ».

Ces dernières semaines, ce sont les aéroports de Songshan et Taoyuan qui ont proposé ces vols : les gens suivent la procédure d'embarquement, puis montent dans un avion… qui ne décolle pas. Cheng Yu-wei, qui travaille dans la mode et aime voyager à l'étranger, est venu avec sa femme et sa fille de six ans pour « réveiller cette sensation ancienne de voyager ». « Peut-être parce que nous nous sommes ennuyés trop longtemps », dit-il.

[AFP, 8 août 2020]

EN TERRE SAINTE, IL PLEUT DU CANNABIS

Des centaines de sachets contenant du cannabis sont tombés du ciel cette semaine sur la place Rabin, à Tel-Aviv, à la grande joie de passants éberlués, qui se sont précipités sur la manne.

« Il est temps mes chers frères. Est-ce un oiseau ? Est-ce un avion ? Non, c'est le drone vert, qui distribue gratuitement du cannabis depuis le ciel », a écrit le groupe « Drone vert » dans un message sibyllin sur l'application Telegram.

Si Israël a donné son feu vert à l'exportation de cannabis médical, la production, la vente, l'achat et l'utilisation de cette drogue douce pour des usages récréatifs restent interdits dans le pays.

[AFP, 5 septembre 2020]

ACHEVÉ D'IMPRIMER

C'est la fin de cette édition du TOUT VA BIEN
qui, pour faire chanter 2021, a choisi en guise
de parure un bleu canard et un jaune safrané.
À l'année prochaine !

Photo by Glen Carrie on Unsplash
ISBN : 978-2-37055-250-1
N° imprimeur : 20090178
D.L. : automne 2020

LE TRIPODE

Littératures ■ Arts ■ Ovnis